JSP

El gato
Ya se va

Texto de Lois Simmie
Ilustraciones de Cynthia Nugent

Ediciones Ekaré

Una noche oscura y lluviosa,
en una ciudad a orillas del mar,
un gato callejero llegó caminando
desde la playa.
Se detuvo frente a un viejo
hotel cubierto de enredaderas
y mientras contemplaba el lugar,
tuvo una extraña sensación:
"Creo" pensó, "que me cansé
de ser un gato callejero".

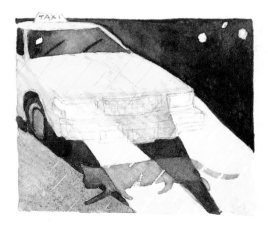

Se acercó, saltó sobre el borde de la ventana y comenzó a arañar el vidrio.

Un hombre volteó a verlo.

—¡Santo cielo! –dijo al ver el gato–. Estás empapado. ¡Qué aspecto tan lamentable tienes!

Abrió la ventana y dejó entrar al gato.

—Te puedes quedar aquí hasta que escampe –dijo cerrando la ventana–. Pero después tendrás que irte.

El Sr. Foster era el gerente del hotel y estaba acostumbrado a dar órdenes.

El gato se sentó sobre el ancho borde de la ventana
y comenzó a lamer su gruesa pelambre gris. Sonrió para
sus adentros. Desde que puso pie en el Hotel Sylvia, supo
que no volvería a ser un gato callejero.

El Sr. Foster regresó a su escritorio y continuó con su
trabajo. Afuera, el viento batía la lluvia contra la ventana.
A través de la puerta de la oficina, el gato vio el acogedor
lobby del hotel, con sus sillones de rayas rojas, tenues luces
y vieja madera pulida. El gato suspiró, se acomodó en una
esquina de la ventana y comenzó a ronronear. Observó
al Sr. Foster hasta que los ojos se le fueron cerrando poco
a poco, y se quedó dormido.

—Qué gato tan simpático –dijo la Srta. Pritchett,
la recepcionista, cuando le trajo al Sr.
Foster una taza de té.

—Quizás lo sea; quizás no –dijo el
Sr. Foster–. Pero, sea lo que sea, este gato
no va a ser un huésped permanente.
Apenas escampe, tendrá que irse. Este
gato ya se va.

A la mañana siguiente, cuando ya había
dejado de llover, el Sr. Foster sacó el gato
a la calle y cerró la puerta.

Un viento helado soplaba desde el mar.
Tiritando, el gato se acercó por la entrada
de servicio. Se escurrió adentro y se
metió en un ascensor que tenía la puerta
abierta. Era un sitio cómodo y tibio...
Desde ahí miraba a la gente corriendo de
un lugar a otro. Afuera, llovía otra vez.

En la planta principal, el Sr. Foster llamó

al ascensor de servicio. La puerta de la jaula metálica se cerró y subió el gato.

—Tú, ¿otra vez? –dijo el Sr. Foster cuando se abrió la puerta del ascensor–. Sabes que no podemos tener un gato en este hotel. Entró y oprimió un botón.

—De ninguna manera –continuó–. De nada nos sirve tener un gato aquí en el Hotel Sylvia. Tan pronto como escampe, tendrás que irte. El gato parecía estar escuchando. Pero en realidad, estaba pensando en lo agradable que era este aparato para subir y bajar que había en su nuevo hogar. Esto le gustaba mucho.

Y sucedió que, cada vez que el Sr. Foster lo sacaba, el gato entraba de nuevo y se subía al ascensor. También jugaba con el ovillo de lana que colgaba del tejido de la Srta. Pritchett, y ella le convidaba bocadillos de atún de su almuerzo. El viejo Harry, el botones, le guardaba todo lo que quedaba en las bandejas de las habitaciones. Y el cocinero le daba sobras de la cocina.

—No se encariñen mucho con
el gato —decía el Sr. Foster cada
vez que pasaba de un lado a otro,
ocupado con sus importantes
tareas—. Recuerden lo que les
dije: este gato ya se va.

En el Hotel Sylvia no se les permitía la entrada
a los perros. Un día, mientras el Sr. Foster
atendía la recepción, entró una señora metida
en un espeso abrigo de piel y pidió una habitación.
Apenas la vio, el gato se arqueó y se le erizó
todo el pelo.

—Compórtate –le susurró el Sr. Foster.

El gato maulló.

—Ay, señora, lo siento. Este es un gato callejero
que recién entró cuando llovía. Le pido disculpas
por su falta de educación.

La señora contestó con un gruñido.

El Sr. Foster se sorprendió. Él era una persona
muy educada y esperaba que los demás también
lo fueran.

—Bueno, señora, comprendo que usted esté
molesta –dijo, tratando de apartar al gato
que había saltado sobre el escritorio y le siseaba
a la señora.

—Grrrrrr... –dijo la señora.

—¡Santo cielo! –dijo el Sr. Foster–. Yo no creo que...

La señora soltó un ladrido agudo. El gato le escupió.

De pronto, entre los botones del enorme abrigo de piel, aparecieron una nariz negra y dos ojos brillantes.

Al ver al gato, el pequeño perro peludo comenzó a ladrar como loco. El gato saltó del escritorio y voló hacia la ventana de la oficina del Sr. Foster.

Al marcharse la señora, con su enorme abrigo

de piel y su pequeño perro peludo, el Sr. Foster miró al gato y se rió.

—Muy bien, señor gato, tengo que admitir que usted es un buen detector de perros. No lo puedo negar. Pero eso no quiere decir que usted se pueda quedar. De ninguna manera. Eso sí que no. Aquí en el Hotel Sylvia no podemos tener un gato. Apenas escampe...

El Sr. Foster se asomó por la ventana. Todavía llovía. En Vancouver, llueve todo el tiempo.

Un día, llegó un hombre para tomar unas fotos del Hotel Sylvia. El gato estaba sentado sobre el sillón de rayas rojas del lobby, como si estuviera en el salón de su casa.

—¿Por qué no le toma una foto al gato? –dijo el Sr. Foster–. La verdad es que es bastante elegante, y como todos lo quieren tanto, podrán recordarlo cuando se vaya de aquí.

El Sr. Foster mandó a montar la foto del gato y él mismo la colgó en el lobby.

El gato estaba realmente rozagante.

Había engordado desde que llegó al
hotel y su pelo brillaba. Después de
que vio su foto en el lobby, se volvió
algo engreído.

Había un pequeño baño al lado

de la oficina del gerente. Una mañana el
Sr. Foster vio un pelo de gato en su cepillo
de dientes, que colgaba justo al lado del
lavamanos. Cuando el gato entró al baño,
el Sr. Foster se acercó y espió. El gato se
frotaba los bigotes, de un lado a otro,
en su cepillo de dientes.

—¡Bigotes de gato! –gritó el Sr. Foster–.
¡Son bigotes de gato!

Refunfuñaba mientras colgaba el cepillo
más arriba, en la pared.

—No podemos aceptar este tipo de
comportamiento. Éste es un hotel de primera.
De ninguna manera. Este gato tiene
que irse. ¡Este gato ya se va!

La lluvia golpeaba la ventana.
El Sr. Foster suspiró. Dejó el viejo
cepillo de dientes donde siempre
había estado.

Una tarde de lluvia, una señora del tercer piso

llamó a decir que había un mapache justo afuera de su ventana. Esto trastornó al Sr. Foster.

—¡Ladrones! –gritó, y agarrando una escoba corrió hacia el ascensor de servicio.

—¡Bandidos! –chilló subiendo al ascensor. Allí estaba sentado el gato, esperando el paseo hasta la cocina donde lo esperaba su almuerzo.

—Esas criaturas endemoniadas se encaraman

por la enredadera hasta el tercer piso para robarse los huevos de las palomas. ¡Siempre están aterrorizando a nuestros huéspedes! El Sr. Foster estaba tan alterado que ni se fijó en que el gato se había bajado del ascensor con él.

En la habitación 327, el Sr. Foster abrió las ventanas
de par en par y se asomó, espantando al mapache
con la escoba. Mientras el Sr. Foster se asomaba
por una de las ventanas, el mapache entró por la
otra y el gato le saltó encima.

gato y el mapache armaron un verdadero escándalo.

Daban vueltas y vueltas, entraban
por una ventana y salían por la otra,
y volvían a entrar y salir.
Había pelos volando por todas partes.
La señora saltó a la cama gritando.
El viejo Harry y la Srta. Pritchett
llegaron corriendo.
El Sr. Foster blandía la escoba y le daba
golpes a todo, a todo menos al mapache
y al gato. De pronto, los dos animales
se resbalaron y cayeron a la grama,
tres pisos más abajo. Al fin, el mapache
salió disparado y se perdió en el parque.

El Sr. Foster se asomó por la ventana y vio al gato
tendido abajo. Estaba echado sin moverse.
Por un instante, el Sr. Foster cerró los ojos.
Tenía un fuerte dolor de cabeza.

El Sr. Foster llevó el gato a la veterinaria.

Le cosieron tantos puntos en tantos sitios, que
parecía un gato hecho de retazos.

—¿Cuál es el nombre del gato? –preguntó
la doctora. Lo necesitaba para su informe.

—¡Santo cielo! ¿Su nombre? –dijo el Señor Foster–.
Bueno, en realidad este gato no tiene nombre.
Usted sabe. Siempre hemos dicho que el gato ya se va.
En el informe, al lado de la palabra *Nombre,*
la doctora escribió: *Ya se va.*

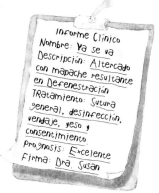

Informe Clínico
Nombre: Ya se va
Descripción: Altercado
con mapache resultante
en Defenestración
Tratamiento: Sutura
general, desinfección,
vendaje, yeso y
consentimiento.
Prognosis: Excelente
Firma: Dra. Susan

Regresaron al hotel bajo la lluvia.

El limpiaparabrisas del coche sonaba
así: *Ya se va... ya se va... ya se va...*
El Sr. Foster miró al gato. El gato
parecía sonreír.
Han pasado siete años desde esa noche
oscura y lluviosa en que el gato callejero
llegó al Hotel Sylvia desde la playa.
Cada cierto tiempo, el Sr. Foster dice:
—¡Santo cielo! ¿Todavía ese gato por
aquí? Apenas escampe, tiene que irse.

A veces, cuando lo dice, el sol está brillando.

Lois Simmie es una conocida poeta y escritora canadiense de libros para niños. Su obra cuenta con una amplia aceptación y varios de sus libros han sido premiados por el "Children's Book Centre" de Canadá. *El gato Ya se va* es el resultado de un encuentro fortuito entre la autora y un gato que subió con ella en el ascensor del Hotel Sylvia de Vancouver.

Cynthia Nugent terminó sus estudios de arte en la Universidad de Alberta, en 1979. Sus pinturas han sido exhibidas en Canadá y en otros países. Para ilustrar *El gato Ya se va* la artista se hospedó en el Hotel Sylvia y allí se balanceó desde un balcón para obtener la perspectiva exacta de un gato que pelea con un mapache.

Texto ©1995 Lois Simmie
Ilustraciones ©1995 Cynthia Nugent

©2000 Ediciones Ekaré
Edif. Banco del Libro, Av. Luis Roche
Altamira Sur. Caracas, Venezuela
Todos los derechos reservados para la presente edición.
Publicado por primera vez en inglés por Red Deer College Press, Alberta, Canadá
Título del original: *Mr. Got-to-Go*
Traducción: Clarisa de la Rosa
ISBN 980-257-250-0
HECHO EL DEPÓSITO DE LEY
Depósito Legal lf15119998002812
Impreso en Editorial Arte

00 01 02 03 04 05 06 07 08 09   10 9 8 7 6 5 4 3 2 1